ALEXIS

ou

L'ERREUR D'UN BON PÈRE.

DRAME

DE

MARSOLLIER.

Arrangé pour le collége,
par un professeur de rhétorique du collége d'Alost, en 1842,
à l'occasion de la fête patronale du recteur.

Extrait des Précis Historiques de 1859.

PARIS
LIBRAIRIE DE P. LETHIELLEUX
RUE BONAPARTE, 66.

TOURNAI
LIBRAIRIE DE H. CASTERMAN,
RUE AUX RATS, 11.

H. CASTERMAN
ÉDITEUR.
1859

ALEXIS

ou

L'ERREUR D'UN BON PÈRE.

———

DRAME DE MARSOLLIER.

Arrangé pour le collége, par un professeur de rhétorique du collége d'Alost, en 1842, à l'occasion de la fête patronale du recteur.

———

PERSONNAGES.

M. NELCOUR, homme estimable, retiré à la campagne.
ALEXIS, jeune garçon-jardinier et fils de M. Nelcour, dont il n'est pas connu.
AMBROISE, brave garçon, protecteur d'Alexis et jardinier de M. Nelcour.
CHARLES, orphelin, élevé par M. Nelcour.
PHILODE, maître de musique (personnage ajouté au drame primitif de Marsollier).

Le théâtre représente un salon. On y voit un piano ou accordéon.

———

SCÈNE Ire.

ALEXIS, SEUL, DEVANT LE PIANO.

ALEXIS. — Bon !... J'ai réussi... M. Charles sera bien étonné de trouver son piano d'accord, quoique celui qui s'était chargé de ce soin ne soit pas venu... Personne ne soupçonnera le pauvre Alexis, garçon-jardinier, d'avoir pu lui rendre ce service... Il désire employer aujourd'hui ses talents à célébrer son bienfaiteur,... et ce bienfaiteur... c'est mon père!... Mon père!... Quelle situation que la mienne!... Depuis dix ans, haï, chassé par lui... ou plutôt par une belle-mère méchante et qui n'est plus,... je me retrouve dans la maison paternelle sans être connu de personne... Un orphelin occupe ma place. Mais qui sait si ce jour?... si Charles?... si la fête de M. Nelcour ou plutôt de mon père?... si le bon Ambroise... Mais le voilà.

SCÈNE II.

ALEXIS, AMBROISE.

AMBROISE. — Eh bien, toujours dans la maison!... Je parie que tu étais encore là... à gratter cet ogre. (*Il imite lourdement avec ses mains.*) Tu

crois que tu sais en jouer peut-être?... Quoi! au lieu de bêcher le jardin, s'amuser à ces fariboles?...

ALEXIS. — Ambroise, depuis le lever du soleil, j'arrose...

AMBROISE. — Je le sais, je le sais... Mais pourquoi venir passer ton temps sur cette grande caisse... à faire des tron, tron, des pon, pon, pon?... Comment celà peut-il t'amuser? Moi, je bâille tant seulement que de penser qu'il y aura encore ce soir un concert ousque M. Charles doit faire voir à M. Nelcour ses progrès.

ALEXIS. — Il en a fait beaucoup.

AMBROISE. — Le biau juge!

ALEXIS (*se reprenant*). — Je l'ai entendu dire. Son maître va arriver, et Charles doit chanter un duo avec le fils de M. Philode.

AMBROISE. — Chanter!... Oui, ils appellent ça chanter... Ils vont si haut (*levant les deux bras*), si bas (*baissant les deux mains*)... que je crois toujours qu'ils vont se casser queuque chose (*montrant la gorge*) dans le tuyau de la voix... Je voudrions qu'on défendît à tous ces grands chanteux de s'exposer comme ça... Et malgré ces périls, tu as aussi pris goût pour c'te chanterie.

ALEXIS. — J'aime beaucoup la musique, moi.

AMBROISE. — Eh bien, puisque cela te plaît, je te ferons entrer dans le salon quand Charles chantera. Comme c'est la fête de Monsieur, on permettra à tout le monde d'y assister... Mais, dis-moi, Monsieur te croit toujours mon neveu, pas vrai?... Il ignore que moi-même je ne te connais pas?

ALEXIS. — Oui, sans doute.

AMBROISE. — Il t'aime beaucoup.

ALEXIS. — Monsieur!...

AMBROISE. — Oui, Monsieur t'a distingué, quoique j'aie craint d'abord que ça ne lui fît du chagrin de voir des jeunes gens de ton âge...

ALEXIS. — Et pourquoi?

AMBROISE. — Ça pouvait lui rappeler un fils qui s'est sauvé de la maison où il avait été mis par ses parents; on ne sait ce qu'il est devenu, et il y a tout lieu de croire qu'il aura péri dans le voyage.

ALEXIS. — Et Monsieur lui en veut-il toujours?

AMBROISE. — Il le regrette.

ALEXIS. — Il le regrette?

AMBROISE. — Il le pleure souvent.

ALEXIS. — Pauvre père! Que je voudrais le consoler!

AMBROISE. — Monsieur prend de l'amitié pour toi; et Charles t'aime aussi. Ils apprécient ce que tu fais... Mais à propos, dis-moi donc, que fabriques-tu là dans la serre? Tu y es ben souvent.

Alexis. — C'est une surprise pour M. Nelcour, et vous verrez aujour-
d'hui même ce qui m'a tant occupé.

SCÈNE III.

les précédents, CHARLES.

Charles. — Ambroise, n'est-il venu personne pour arranger ce piano?

Ambroise. — Non, monsieur Charles, pas encore.

Charles. — Je ne pourrai donc pas me faire accompagner. Hier il
était d'un faux... (*Il essaye*)... surtout le *la* de la quatrième octave...
(*Il essaye*);... l'accord en *ut*;... (*Il essaye encore*)... Mais!... quel pro-
dige!... il n'y a plus rien à y faire... Qui donc a pu l'accorder?

Ambroise. — Pas moi toujours; car si j'y avais mis la main seulement
(*il l'agite lourdement comme s'il touchait du piano*), vous pourriez ben
lui dire adieu pour tout à fait.

Charles. — Alexis, sauriez-vous...?

Alexis. — Personne n'est entré ici que nous, monsieur Charles.

Charles. — Eh bien, c'est donc...; mais je n'y puis rien concevoir.

Ambroise. — Ni moi... C'tapendant il faut être vrai, j'ai trouvé ici
Alexis.

Alexis. — J'ai essayé, je l'avoue. Le hasard m'aurait-il servi?

Charles. — Très bien, cela est fort extraordinaire. (*A part*) : Le
hasard!... Alexis n'est pas ce qu'il paraît... (*Haut*) : Ambroise, j'ou-
bliais... M. Nelcour vous cherche.

Ambroise. — J'y cours...

SCÈNE IV.

CHARLES, ALEXIS, qui veut sortir.

Charles. — Alexis, un mot... Vous n'êtes guère soigneux. Vous lisez
dans le jardin, et vous y oubliez même votre livre.

Alexis. — O ciel! j'aurais laissé...

Charles. — Ne vous affligez pas; je l'ai trouvé, le voici! Comment se
peut-il qu'un jardinier...? Ma surprise est extrême. Comment, dans
votre métier,... cette façon d'agir... ce goût pour la lecture, Alexis?

Alexis. — Abandonné de mes parents, des personnes généreuses ont
daigné prendre soin de mon éducation. J'ai tâché de répondre à leurs
bontés; mais la mort me les a enlevées, et je me suis vu contraint de
travailler pour vivre. La lecture et l'étude ont souvent contribué à me
faire supporter mes malheurs.

CHARLES. — Vous avez été malheureux ?

ALEXIS. — Et je le serai toujours. Mais, de grâce, monsieur Charles, permettez-moi quelquefois de soulager mon cœur en l'épanchant dans le vôtre.

CHARLES. — Je ne cesserai jamais de m'intéresser à vous. Je veux vous recommander spécialement à M. Nelcour dès aujourd'hui. Vous viendrez ici quand je chanterai.

ALEXIS. — C'est une faveur que je n'aurais osé espérer.

CHARLES. — Alexis, vous avez des bouquets à finir pour la fête, je le sais, et je vous ferais perdre votre temps. Vous avez de la besogne au jardin.

ALEXIS. — J'y vais.

SCÈNE V.

CHARLES SEUL.

CHARLES. — Ce jeune homme, qui peut-il être ? Qui peut l'avoir réduit à cet état ? Depuis que M. Nelcour m'a pris sous sa protection, je n'ai regardé Alexis que comme un simple garçon-jardinier. Mais cette sensibilité ?... cet air de candeur ?... ces manières prévenantes ?... J'entends du bruit... Ce sera M. Nelcour, ne lui laissons pas voir mon embarras.

SCÈNE VI.

M. NELCOUR ET AMBROISE.

NELCOUR. — Écoute, Ambroise. La vue des jeunes gens qui sont à peu près de l'âge de mon coupable enfant qui a quitté la maison paternelle, m'est devenue insupportable. L'aspect de ton neveu même, de ce bon Alexis, produit sur moi un effet que je ne puis t'expliquer... Enfin,... c'est une injustice, mon ami, je le sens ; mais il faut l'éloigner.

AMBROISE. — Ainsi donc, ce pauvre Alexis,... moi qui tout à l'heure encore me réjouissais de ce qu'il (*montrant le piano*)... C'est fini. Au moins ne lui en dites rien aujourd'hui, monsieur ; c'est votre fête ;... il est là... au jardin... tout content... à arranger des fleurs, et s'il savait ça, il ne pourrait plus... C'est que malheureusement il vous aime, cet enfant.

NELCOUR. — Il m'aime ?

AMBROISE. — Beaucoup, beaucoup... C'est si naïf, si affectueux !

NELCOUR. — Ce neveu fait ton bonheur, Ambroise, et tu n'as pas, comme moi, de fils coupable... Du reste, tu ne lui parleras de son départ que demain.　　(*Il sort.*)

SCÈNE VII.

AMBROISE, ALEXIS.

AMBROISE. — Tout ça est bel et bon, mais ce n'est pas une raison pour le renvoyer. Cent marrons ! je suis d'une humeur...

ALEXIS (*entre avec une corbeille de fleurs*). — Me voilà... Je guettais la sortie de Monsieur.

AMBROISE. — Eh bien ! Quoi ? l'as-tu entendu ? Voyons, dis...

ALEXIS. — Non, il causait avec vous, je n'ai eu garde d'écouter.

AMBROISE. — T'as ben fait, t'as très ben fait. Et que me veux-tu ?

ALEXIS. — Vous voudrez bien m'aider à arranger ces bouquets ?

AMBROISE. — Sans doute. Où sont-ils, ces bouquets ? (*Se parlant à lui-même*) : Parce que quand on me contrarie...

ALEXIS. — Personne n'en a l'intention.

AMBROISE. — Cela ne te regarde pas... Combien en faut-il ? (*Se parlant de nouveau à lui-même*) : Et quand on est injuste surtout... (*Il fait des bouquets.*)

ALEXIS. — Qu'avez-vous donc ?

AMBROISE. — Rien, rien, te dis-je ! Je me parle à moi. (*Arrangeant toujours les fleurs, et puis, tout d'un coup, laissant tomber tout ce qu'il tient, et prenant la tête d'Alexis dans ses deux mains*) : Pauvre enfant !.. Va, si M. Nelcour... je pars aussi alors ; tu demeureras avec moi..... (*Il reprend les fleurs.*) Continuons.

ALEXIS. — Que veut dire... ?

AMBROISE. — Je ne t'ai rien dit... (*Gravement*) : Souviens-toi bien que je ne t'ai rien dit.

ALEXIS. — Je le sais ; mais quelque chose vous agite ?

AMBROISE. — Pas de questions. Approchons cette banquette. (*Ils la placent.*) Le canapé...

ALEXIS. — Il doit rester là, et puis, au moment... tous les gens de la maison... les habitants du lieu avec leurs bouquets... vous à la tête... et alors vous ne serez pas fâché que je sois resté si longtemps dans la serre...

AMBROISE. — Fâché !.. Je voudrais que tu y restasses un an... dans la serre... (*On entend du bruit.*) Voilà qu'on vient. (*Il se montre tout empressé.*)

SCÈNE VIII.

LES PRÉCÉDENTS, PLUS **CHARLES** (*portant de la musique*).

CHARLES. — Mon maître de musique n'est pas encore ici ? Les bouquets sont préparés, tous les gens prévenus ; M. Nelcour est déjà dans l'antichambre, et nous ne sommes pas prêts ; que sera-ce ?

AMBROISE. — M. Nelcour vient avec sa compagnie. (*Criant*) : En place !

SCÈNE IX.

LES PRÉCÉDENTS, PLUS **M. NELCOUR**, DES DOMESTIQUES, ET **PHILODE**.

CHARLES. — (*Il adresse un compliment à M. Nelcour. Ce compliment doit être composé d'après la circonstance. Voici le morceau qui a servi en 1842, et qui est très opportun en cet endroit. On pourrait aussi le chanter.*)

LES FLEURS RIVALES.

(*Une corbeille de fleurs est placée sur une table.*)

Pour bien parler j'ai trop d'amour,
Et j'ai trop d'amour pour me taire ;
Allons trouver dans ce beau jour
Les orateurs de mon parterre.
Parmi nos fleurs faisons un choix,
Où mon maître trouve un emblème,
Qui, bien mieux que ma simple voix,
Puisse lui dire que je l'aime.
    (*En s'approchant de la corbeille.*)
Là d'abord, un superbe lis
Tout brillant des pleurs de l'aurore,
Présente à mes yeux éblouis,
Sa fleur qui ne vient que d'éclore :
« Porte-moi vers ton bienfaiteur,
» — Dit soudain cette fleur si belle, —
» Tu sais bien que de la candeur
» Je suis une image fidèle. »

N'espérant rien trouver de mieux,
J'y porte une main empressée ;
« Le lis ne charme que les yeux,
» Je parle au cœur, — dit la pensée. —
» Peux-tu balancer un moment
» A me donner la préférence ?
» Le symbole du sentiment
» Doit plaire à la reconnaissance. »

Mais autour d'un arbre voisin
Un lierre étend son vert feuillage :
« Choisissez-moi, — dit-il soudain, —
» Ton maître entendra mon langage.
» Ces fleurs ne brillent qu'un instant,
» Le moindre souffle les arrache ;
» Symbole d'un amour constant,
» Pour moi, je meurs où je m'attache. »

Que répondre à ce dernier mot ?
J'étais sur le point de me rendre ;
Voici l'immortelle aussitôt,
Qui me prie humblement d'attendre :
« Mon éclat n'est jamais terni,
» Tu me verras toujours la même,
» Des vertus d'un père chéri,
» Je suis le plus touchant emblème. »

Quel est alors mon embarras !
A quoi me décider ? que faire ?
Comment régler de tels débats,
Et qu'offrir à mon second père ?
Il faut, me dis-je, tout choisir,
Cueillons lis, pensée, immortelle,
Le lierre va les réunir,
Et j'ai terminé la querelle.

NELCOUR. — Je ne sais, mon cher Charles, comment t'exprimer ce que j'éprouve. Tes paroles ont causé, dans mon cœur, une douce émotion. Puissé-je, un jour, t'en témoigner toute ma reconnaissance!... Que tout le monde s'assoie... Écoute... Mais, Charles, je ne vois pas ton maître.

PHILODE (*entrant*). — Pardon, M. Nelcour, me voici. M. Charles, une indisposition subite empêchera mon fils de chanter avec vous le duo que vous aviez préparé pour ce jour. Il m'envoie pour vous accompagner sur le piano.

CHARLES. — J'en suis peiné. Je désirais tant faire entendre à M. Nelcour notre duo.

NELCOUR. — Je conçois ta peine, Charles; mais enfin, prends un autre morceau.

CHARLES. — Un autre! Cela sera bien différent : celui-ci était préparé pour votre fête; c'était l'expression de ma reconnaissance.

AMBROISE (*à Alexis, qui s'agite*) : — Eh bien, qu'est-ce que tu as donc, que tu trépignes là? Mais tiens-toi donc tranquille.

ALEXIS (*bas et à part*) : — Ah! si j'osais... Si j'osais!..

AMBROISE. — Encore : mais qu'est-ce que tu as?.. Est-ce que tu veux aller chanter, toi?

ALEXIS. — Et pourquoi pas? (*Tous les domestiques partent d'un éclat de rire.*)

NELCOUR. — Qu'y a-t-il donc?

AMBROISE. — C'est cet enfant qui disait en badinant... Il ne faut pas prendre garde à ça, monsieur.

NELCOUR. — Que disait-il, cet enfant? Je veux le savoir.

AMBROISE. — Il disait une sottise, monsieur. Il disait qu'il chanterait peut-être bien queuque chose.

NELCOUR. — Eh bien, Alexis, approche. Fais-nous voir ce que tu sais (*A ses amis*) : Cela doit être curieux.

CHARLES (*à Alexis*). — Mais il faut savoir la musique pour bien chanter.

ALEXIS. — J'en saurai assez, monsieur Charles; n'ayez pas peur. (*Il se met à solfier.*)

AMBROISE. — Tiens! Ce petit drôle, comme il tape ça!

(PHILODE *fait une roulade sur le piano. Alexis chante, aussitôt après, les mêmes notes.*)

NELCOUR. —Très bien,... et je suis d'un étonnement... Mais, Charles, donnez-lui de la musique, pour voir ce qu'il fera.

CHARLES (*ouvrant un cahier*). — Voici, M. Nelcour, la fable de la *Cigale*, que je n'ai pu encore apprendre.

(ALEXIS *fredonne les premières notes.*)

NELCOUR. — C'est surprenant! Je ne sais ce que j'éprouve.

AMBROISE. — Il a joliment travaillé; il faut en convenir... J'en pleure, moi. (*Il pleure.*) Que j'en pleure comme un enfant. (*Il sanglote.*)

NELCOUR. — Voyons, Alexis, chante-nous cette fable.

ALEXIS *chante* La Cigale et la Fourmi. (*On peut prendre une autre pièce au choix*).

AMBROISE. — C'est-il pas joli ça!... Eh bien, vous ne le renverrez pas à présent?

NELCOUR. — Tais-toi.

AMBROISE. — Je veux ben.

NELCOUR. — A présent, sachons comment il se peut que ton neveu ait ce talent.

AMBROISE. — Ah! ah! comment il se peut?... qu'est-ce que ça fait à présent?... Pourvu qu'il l'ait et que ça vous amuse.

NELCOUR. — Alexis, parlez donc.

ALEXIS. — Permettez, monsieur, que je ne réponde pas à cette heure. J'ai des raisons essentielles et que vous approuverez. Mon secret est mon bien.

NELCOUR. — J'aime cette réponse; sa petite fierté me plaît. Alexis a des secrets; allons, j'attendrai sa confiance. Mais il faut que je le récompense pour tous ces préparatifs de fête et pour sa belle fable. Je veux, Alexis, que ta famille se ressente de l'affection que j'éprouve pour toi... O mes amis!... que cette journée serait douce, si elle ne me rappelait en même temps une époque de ma vie bien cruelle. Oui, c'est à pareil jour, il y a sept ans, que mon indigne fils...

AMBROISE. — Eh! pourquoi se rappeler ça? Ne sommes-nous pas tous vos enfants? V'là-t-il pas M. Charles, que vous aimez et qui en est bien digne?

NELCOUR. — Oui, oui; oublions l'ingratitude et récompensons l'amitié et la reconnaissance. Je reviens à l'instant.   (*Il sort.*)

SCÈNE X.

ALEXIS (*très triste*), CHARLES ET AMBROISE.

CHARLES. — Alexis, nous sommes tous d'une joie difficile à exprimer.

AMBROISE. — Oh! oui, moi je suis... Mais qu'as-tu donc?... tu me sembles tout triste.

ALEXIS. — Ambroise, Charles, je vous remercie. Je sens le prix de l'affection que vous me témoignez; mais si vous saviez! Je vais me trouver avec M. Nelcour; je serai forcé peut-être de lui apprendre qui je suis. Cette circonstance est bien importante pour moi.

AMBROISE. — Tu ne nous quitteras pas, toujours. C'est arrangé.

ALEXIS. — Cela dépend de l'entretien que je vais avoir avec lui. Oui, peut-être aujourd'hui même, faudra-t-il sortir de cette maison pour n'y rentrer jamais.

AMBROISE. — Eh ! que diantre vas-tu donc lui dire ? Tiens, moi qui me réjouissais... qui ne craignais plus rien pour lui... v'là qu'il faut encore que je me r'inquiète. Ah çà ! tâche de finir tout, entends-tu, parce que je ne ris pas, moi. Ça me tourmente.

SCÈNE XI.

LES PRÉCÉDENTS, M. NELCOUR (tenant un rouleau de louis).

NELCOUR. — Tiens, voilà vingt-cinq louis pour envoyer à ta famille, à ton père.

ALEXIS. — A mon père ?

NELCOUR. — Oui.

ALEXIS. — Eh bien, monsieur, daignez me les garder jusqu'à ce qu'il se trouve une occasion.

NELCOUR. — Tu chercheras. Prends toujours, prends.

ALEXIS. — Je vais donc les donner à Ambroise; et je suis bien sûr que mon père, s'il était là, approuverait l'usage que je fais de vos dons.

NELCOUR. — Comme tu voudras.

ALEXIS. — Ambroise, les voilà.... Les voilà, Ambroise. Je vous les remets et gardez-les jusqu'à ce que mon père vous les redemande.

AMBROISE. — Soit... et je vais les serrer.

NELCOUR. — Alexis, je serais bien aise de causer seul avec toi.

CHARLES. — Je vous laisse, monsieur.

AMBROISE. — Nous nous en allons, monsieur. (Bas à Alexis) : Écoute-moi, ne l'y mens pas, mais ne l'y dis pas ce qui pourrait te faire renvoyer, je t'en prie.

SCÈNE XII.

M. NELCOUR ET ALEXIS.

NELCOUR. — Alexis, je t'ai dit que j'attendrais du temps et de ton amitié le récit des faits, très singuliers sans doute, qui t'ont réduit à l'état obscur que tu as embrassé; mais, je l'avouerai, je désire que ce soit bientôt.

ALEXIS. — Vous saurez tout, monsieur. Mais en ce jour, mon cœur et le vôtre, remplis d'une douce joie, doivent craindre de la troubler.

Nelcour. — J'en ai éprouvé une bien vive tantôt. Oui , je dois te le dire, le son de ta voix a produit sur moi une impression que je ne saurais te faire comprendre.

Alexis. — Il ne tiendra qu'à vous....

Nelcour. — Oh! c'est un plaisir que je me procurerai souvent.

Alexis. — En ce moment même, si vous le désirez.

Nelcour. — Je ne refuse pas; je jouirai du moins du fruit de tes talents, puisque je ne puis encore savoir comment tu les as acquis. (*Alexis paraît rêver.*) Eh bien?

Alexis. — C'est que je voudrais trouver un air touchant, de ces airs qui vont au cœur. Oui, c'est un de ceux-là que je voudrais vous chanter; par exemple, la *Romance du jeune Urbain*; la connaissez-vous, monsieur?

Nelcour. — Non.

Alexis. — C'est celle que je sais le mieux.

Nelcour. — Eh bien , chante-moi la *Romance du jeune Urbain*.

Alexis. — Oui; daignez donc m'écouter.

ROMANCE.

On nous raconte qu'au village,
Urbain, sensible et malheureux,
Eut à souffrir, dès son bas âge,
Et de ceux qu'il aimait le mieux.
On l'accuse, on le désespère,
Quand son cœur était innocent.
Il fut chassé de chez son père.
Hélas! plaignez le pauvre enfant...

A la douleur bientôt il cède,
Il erre partout, il gémit;
Si quelqu'un ne vient à son aide
Bientôt le jeune Urbain périt;
Mourant de chagrin, de misère,
Le sort le conduit tout tremblant...
Car le voilà devant son père.
Hélas! plaignez le pauvre enfant.

Nelcour. — Eh bien! après? Ce père, que fit-il?.. Il y a sans doute un troisième couplet?

Alexis. — Je ne sais pas le troisième. Je pourrai peut-être quelque jour l'apprendre, et alors je vous le dirai, si vous voulez bien me le permettre.

Nelcour. — Cette romance m'a fait mal. J'aurais voulu du moins savoir la fin. Au reste, on la devine : le père se repent et dit qu'il a eu tort.

Alexis. — Un père dit-il cela quelquefois?

Nelcour. — C'est son devoir, dès qu'il connaît sa faute.

Alexis. — Ah! vous me remettez sur la voie, et je commence à espérer que je pourrai vous dire un jour le troisième couplet.

Nelcour. — Parlons de choses moins affligeantes; de toi...

Alexis. — Ce n'est donc plus du pauvre enfant?

Nelcour. — Non; c'est d'un enfant qui, j'espère, ne sera jamais pauvre ; car je veux lui faire du bien. D'abord, sans te demander précisément qui sont tes parents, je suis persuadé qu'ils sont honnêtes.

ALEXIS. — Ils sont comme vous ; je ne puis mieux faire leur éloge.

NELCOUR. — Bien ; et pourtant tu les as quittés ; c'est ton oncle Ambroise qui te tient lieu de famille.

ALEXIS. — Ambroise n'est pas mon oncle.

NELCOUR. — Ambroise n'est pas...? Pourquoi ce mensonge ?

ALEXIS. — Il était nécessaire pour faire recevoir chez vous un malheureux qui allait périr de douleur et de besoin.

NELCOUR. — De besoin, à cet âge ? (*A part*) : Ah ! quelle idée importune ! (*Haut*) : Enfin tu as quitté tes parents ?

ALEXIS. — Bien malgré moi, je vous assure.

NELCOUR. — Je devine : une folie de jeunesse. Allons, je suis sûr que le repentir a suivi de près ta faute.

ALEXIS. — Ma faute ! Je regrette de ne pouvoir me jeter dans ses bras. Ce père est bon, vertueux, tendre même ; tout le monde le dit ; mais il ne peut souffrir son fils.

NELCOUR. — Son fils ! toi, il te hait ; ah ! cela n'est pas possible.

ALEXIS. — Hélas ! je n'en suis que trop certain ; mais je ne lui en veux pas.

NELCOUR. — C'est bien, très bien ; mais il n'en est pas moins coupable.

ALEXIS. — Ne l'accusez pas ; il a peut-être des raisons.

NELCOUR. — Des raisons ! Tu as donc fait de grandes fautes ?

ALEXIS. — S'il le croit ?

NELCOUR. — Cela ne suffit pas.

ALEXIS. — S'il les pardonne, cela revient au même.

NELCOUR. — Non, l'équité exige davantage. Il faut le faire venir. Ou plutôt, va le chercher, prends ma voiture, mes chevaux.

ALEXIS. — Il m'a fait défendre de paraître devant lui.

NELCOUR. — C'est donc un homme bien difficile? Écris-lui.

ALEXIS. — Il ne lit pas mes lettres, et jamais il n'y a répondu.

NELCOUR. — Eh bien, si tu veux j'écrirai à ton père pour toi.

ALEXIS. — Que de bontés !

NELCOUR. — Dicte-moi ce qu'il faut que je lui marque.

ALEXIS. — Moi ! vous dicter !

NELCOUR. — Et oui, tu sais mieux qu'un autre ce qui peut le toucher.

ALEXIS. — Le toucher ! ah ! si vous voulez m'aider !... Je sens mon cœur s'émouvoir.

Nelcour. — Commence. (*Il se met à la table pour écrire. Alexis est derrière lui.*)

Alexis (*dictant*) : — « Mon père!... Mon père! »

Nelcour (*se retournant*) : — Tu te trompes ; c'est moi qui lui écris.

Alexis. — Ah! oui ; j'ai cru que c'était à lui... « Monsieur, si votre » fils a été coupable?... »

Nelcour (*s'arrêtant*). — Tu ne l'as pas été, m'as-tu dit?

Alexis. — N'importe ; laissons-le-lui croire, il serait trop à plaindre s'il savait la vérité.

Nelcour (*lui prenant la main*) : — Très bien pensé ; voilà une délicatesse dont, s'il est sensible, il doit un jour te savoir gré... Poursuis.

Alexis. — « Croyez aussi qu'il était près de vous une personne trop » intéressée à lui nuire. »

Nelcour. — Une personne : il faut la nommer ; point de ménagement avec les méchants.

Alexis. — Cette personne n'est plus ; et je dois respecter jusqu'à la mémoire de ce qu'il a aimé.

Nelcour. — Quelle âme! A merveille! Dicte toujours.

Alexis. — « Il a bien souffert ! »

Nelcour. — (*A part*) : Il a peut-être bien souffert aussi, lui, avant de mourir !

Alexis (*répétant d'une voix émue et avec un profond soupir*) : — « Il » a bien souffert ! »

Nelcour. — J'ai entendu : « Bien souffert. »

Alexis. — « Daignez lui pardonner. »

Nelcour (*répétant*) : — « Lui pardonner. »

Alexis. — « Je m'intéresse à lui. » N'est-ce pas, monsieur, que vous vous intéressez à son sort?

Nelcour. — Sans doute.

Alexis. — « Comme si c'était... » C'est beaucoup dire peut-être.

Nelcour (*écrivant vite*) : — Non, non, dicte toujours.

Alexis. — « Comme si c'était mon propre fils. »

Nelcour. — Je l'avais déjà mis, vois (*montrant le papier*).

Alexis. — Ah! oui, c'est bien vrai.

Nelcour. — J'attends. Y a-t-il encore quelque chose? (*A part*) : Comme il est ému !

Alexis. — C'est tout. S'il me pardonne, je n'ai plus rien à désirer.

Nelcour. — L'adresse.

Alexis. — L'adresse!... (*Tout embarrassé et hésitant*). Je la porterai moi-même.

NELCOUR. — Et tu dis qu'il ne veut pas te voir.

ALEXIS. — Je m'enhardis.

NELCOUR (*à part*) : — Quel soupçon !... Oh ! non, je m'abuse. (*Haut*) : La voilà. (*Alexis tremble.*) Qu'as-tu donc ?... La voilà... (*Il commence à trembler aussi.*) Va, va la porter. Est-ce loin ?

ALEXIS. — Non, non ; pas loin.

NELCOUR. — Eh bien !... Tu restes ?

ALEXIS. — Non, je m'approche.

NELCOUR (*à part*) : — Serait-il possible ?

ALEXIS. — Je la lui présenterai à genoux.

NELCOUR. — Tu t'y mets ?

ALEXIS. — Cela l'attendrira peut-être... et là, les larmes aux yeux...

NELCOUR. — Tu les as déjà !

ALEXIS. — Je lui dirai : Alexis vous présente. (*Il présente la lettre.*)

NELCOUR. — Quel sentiment j'éprouve !

ALEXIS. — Alexis vous présente... Croyez-vous qu'il la prenne, monsieur ?

NELCOUR. — Mais oui. Je crois... je ne sais.

ALEXIS (*douloureusement et se traînant à genoux*) : — Il ne la prend pas pourtant.

NELCOUR. — Alexis, parle, je le veux, qui es-tu ?

ALEXIS. — Mon... mon... monsieur.

NELCOUR. — Dis donc *mon père*, si je le suis.

ALEXIS. — Et dites donc *mon fils*, si vous daignez me reconnaître.

NELCOUR. — Mon fils !... Toi !... toi !... tu es mon fils ! mais puis-je...? Tes torts... Ah ! je n'écoute que mon cœur... oui, tu es toujours mon fils. (*Il le serre dans ses bras.*)

ALEXIS. — Que ce mot est doux à entendre !

NELCOUR. — Et à répéter... Mon fils !... mon cher fils !... Venez tous... je suis le père d'Alexis, mon fils est retrouvé !

SCÈNE XIII.

LES PRÉCÉDENTS, **CHARLES**, **AMBROISE** ET LES DOMESTIQUES.

AMBROISE. — Comment ! Alexis est le fils de M. Nelcour ?... Le garçon-jardinier était le maître !... Et moi, qui étais son oncle, je ne suis plus qu'Ambroise maintenant ? Ah ! j'en mourrai, je crois. (*Il s'assied.*) Je vous demandons ben pardon, mais c'est que de ma vie je n'ai éprouvé une joie pareille. Mais, monsieur Alexis, pourquoi donc ne m'avez-vous pas dit tout cela ?

Alexis. — Je craignais que tu ne trahisses le secret, et surtout que tu ne partageasses l'opinion cruelle que mon père ne me recevrait plus.

Nelcour. — N'en parlons plus. J'oublie tout, et je te pardonne.

Ambroise. — Lui pardonner! M. Nelcour, sachez qu'on a toujours calomnié votre malheureux enfant. Vous l'accusiez de ne jamais vous écrire. Eh bien, j'ai trouvé toutes les lettres d'Alexis, après la mort de sa belle-mère. Elle avait eu le soin d'empêcher qu'elles ne vous parvinssent. Je les ai toutes jetées au feu dans la crainte de vous livrer à des regrets inutiles.

Nelcour. — Qu'entends-je! des lettres... ?

Alexis. — Eh oui, mon père. Cent fois je vous ai adressé mes plaintes, les expressions de ma tendresse filiale, les suffrages de mes maîtres. Votre silence m'a désespéré.

Nelcour. — Ah! quelle idée tu as dû avoir de ton père! Mais, ce bon Charles!... je lui avais promis mon héritage, croyant ne plus jamais revoir mon Alexis.

Charles. — Votre bonheur, monsieur, et celui d'Alexis feront le mien. Je lui cède la première place dans votre cœur; mais laissez-moi concourir avec lui à embellir vos jours. Sans doute, il ne me privera pas de cette satisfaction.

Alexis. — Ah! mon père, permettez que Charles reste avec nous; je le regarderai comme mon frère. Il est orphelin, je l'étais encore hier, j'apprécie ce triste sort.

Nelcour. — Vos vœux seront accomplis, mon enfant. Charles sera désormais le compagnon fidèle, le tendre ami d'Alexis.

Alexis. — Mon père! Charles! nous ne nous quitterons plus.

Ambroise. — Ça sera ben, pour chanter ensemble et jouer sur cet *ogre*.

Nelcour. — Tu pourrais bien, Alexis, me dire à présent le troisième couplet.

Alexis. — Oh oui, oui!

> Le jeune Urbain n'a plus d'alarmes,
> Son père enfin lui rend son cœur ;
> Désormais, s'il verse des larmes,
> Ce sont des larmes de bonheur.
>
> (AU PUBLIC.)
>
> Si par son zèle il peut vous plaire,
> Rien ne lui manque en ce moment;
> Aimez aussi le pauvre enfant,
> Qu'il trouve en vous encore un père.

(*Le chœur répète ces quatre vers.*)

FIN.

Imprimerie de J. Vanderevpt, rue de Flandre, 104, à Bruxelles.

www.ingramcontent.com/pod-product-compliance
Lightning Source LLC
LaVergne TN
LVHW050244030726
842520LV00006B/2174